KB024767

최중기 일곱 번째 시집

# 시들 리 없는 가슴꽃 한 송이

한누리미디어

국립중앙도서관 출판예정도서목록(CIP)

시들 리 없는 가슴꽃 한 송이 : 최중기 일곱 번째 시집 / 지은이 : 최중기. -- 서울 : 한누리미디어, 2018
p. ; cm

ISBN 978-89-7969-772-8 03810 : ₩10000

한국 현대시 [韓國現代詩]

811.7-KDC6
895.715-DDC23 CIP2018004527

| 서시 |

# 꿈

닫힌 미래
여는
문설주 빗장

풀면

힘겨운
오늘보다
내일의 희망

꿈은 이미
떠나고
절망뿐이라도

늘 꾸고파
초원의 꿈 아닌
좁쌀 같은 꿈이라도

# 차례

서시 · 7

## 제 1 부
## 나루터 뱃머리

018 … 나루터 뱃머리
019 … 늦가을 오후
020 … 오십견
021 … 탈고를 하다 보면
022 … 어머니의 그림일기
023 … 불감증 거리
024 … 새벽창
025 … 무심(無心)
026 … 반성
027 … 피라미몰이
028 … 차탄천이 살아나네
030 … 노후의 꿈
032 … 폐교종
033 … 해우소 스케치
034 … 진고갯길 넘으며
035 … 버들개지
036 … 화해
037 … 코스모스

Contents

# 제 2 부
## 유년의 겨울나기

040 … 새싹
041 … 꽃바람 불면
042 … 씨앗들의 밤나절
043 … 매화
044 … 어떤 사별
045 … 고추잠자리
046 … 70굽이 누리길
048 … 고부소 추억
049 … 유년의 겨울나기
050 … 통원치료
051 … 목련
052 … 백사장
053 … 해빙
054 … 나이 들수록
055 … 인생열차
056 … 재인폭포
057 … 산벚꽃
058 … 꽃잎춤

차례

# 제3부 웅덩이 물갈이

060 … 한파
061 … 첫눈
062 … 주막에서
063 … 양재동 꽃마을
064 … 봄 뜨락
065 … 웅덩이 물갈이
066 … 기러기 · 1
067 … 봄소식
068 … 통증
069 … 불면증
070 … 돌산머리 한겨울
072 … 쑥
073 … 생각 줍기
074 … 새벽 경내
075 … 각성
076 … 나는 누군가
077 … 화전놀이
078 … 겨울강

Contents

# 제 4 부
## 해빙의 계곡

080 … 봄바람
081 … 물이끼
082 … 팔랑개비
083 … 해빙의 계곡
084 … 장덕고개
085 … 공기놀이
086 … 율무막걸리
087 … 키 쓰고 망신동냥
088 … 비소식
089 … 봄맞이
090 … 둥근 못 꽃노을
091 … 상추
092 … 꿈꾸는 문향밭(田)
093 … 강변산책
094 … 봄의 서곡
095 … 냉이
096 … 새싹
097 … 새해 전날

차례

## 제5부 소반머리 웃음꽃

100 … 땀
101 … 퇴행성관절
102 … 일렁이는 잔물결
103 … 동백꽃 사연
104 … 오일장터
105 … 새싹
106 … 밥상머리 사랑
107 … 백합
108 … 대보름
109 … 해시울
110 … 순수무흠(無欠)
111 … 소꿉질
112 … 박
113 … 간병인의 미소
114 … 소반머리 웃음꽃
115 … 모정
116 … 기러기 · 2
117 … 술래놀이

Contents

# 제6부 풀벌레 소야곡

120 … 낚시
121 … 용오름
122 … 해빙
123 … 비몽사몽
124 … 도박도 유전인가
125 … 그늘숲 쪽빛 나락
126 … 눈 수술을 끝내며
128 … 알밤 줍기
129 … 과음
130 … 입춘
131 … 만월은 뜨는데
132 … 빗줄기
133 … 풀벌레 소야곡
134 … 소요산 자재암
135 … 산안개
136 … 한가위
137 … 쉼터
138 … 소낙비

차례

## 제 7 부
## 묵객은 겨울철에 봄나들이도

140 … 목단
141 … 초승달 저녁하늘
142 … 술래찾기
143 … 심우장
144 … 묵객은 겨울철에 봄나들이도
145 … 선학(禪鶴)
146 … 수도 고장수리
147 … 모성애
148 … 대관령
149 … 황혼 들녘
150 … 추억 세배
151 … 백팔배
152 … 잠꼬대
153 … 상부상조
154 … 기다림
155 … 나팔꽃
156 … 술
157 … 복권

Contents

# 제8부

## 바람꽃은 시들지 않는다

160 … 완장
161 … 임진강
162 … 달밤
163 … 입동
164 … 통일염원
165 … 할미꽃
166 … 연탄난로
167 … 우울증
168 … 옹기그릇
169 … 차탄천의 가을
170 … 갈잎노래
171 … 텃밭 모종
172 … 울렁이는 가슴꽃
174 … 가을강
175 … 바람꽃은 시들지 않는다
176 … 여치의 가을송(頌)
177 … 다시 꾸는 고향 꿈
178 … 금연
179 … 어선

# 제 1 부
# 나루터 뱃머리

나루터 뱃머리
늦가을 오후
오십견
탈고를 하다 보면
어머니의 그림일기
불감증 거리
새벽창
무심
반성
피라미몰이
차탄천이 살아나네
노후의 꿈
폐교종
해우소 스케치
진고갯길 넘으며
버들개지
화해
코스모스

# 나루터 뱃머리

지는 해
일렁이는
나루터 뱃머리

떠난 지
오랜 님

그리움
밟고 내리며
짓는 손사래

눈에 삼삼
받아 걸러
접어 모아 보면

세월
흘러 흘러도
시들 리 없는

울렁이는
가슴꽃 한 송이

# 늦가을 오후

지르밟는
가을볕
뿌리는 날의 오후

흙담머리
돌담 지나
침묵에 든 마른 풀숲

바람의
허풍으로
입이 열려

시들어
가는 소리도
당차게 서걱서걱—

# 오십견

한생
지탱해 온
숨 가빴던 지난날

정의롭게
주름잡아
팔소매도

당당하게 올려봤지
감히 보라는 듯이

휘몰이 바람도
절절맸던 팔

하문
세월 무게
대책없이

욱신욱신
하얀 피 줄 줄 줄
통증으로 운다

# 탈고를 하다 보면

글감의 흐름을
하나하나 짚어가며

상상의 두레박
도르래 물질로

버릴 것
버리고

모두어 모우면

다시 걸러 받아
받은 문맥

아무리 헹구어
버무려 봐도

남는 건
아쉬움
글밭의 잡초뿐

# 어머니의 그림일기

기역자도 모르는
우리 어머님
그래도 이마에
그림일기 쓴다
묻어나는 기저귀
뚝뚝뚝 애기똥
감기 들면
눈물부터 글썽글썽
때로는 나를 업고
나뭇단 이고
장마재 고갯길
장터 가는 길
훔치던 이마 땀도
모정으로 그린 그림
지워질 수 있겠는가
믿는다
백골이라도
이마에 맺힌
그림일기
편액족자로
빛날 것이다

# 불감증 거리

햇살도
미세먼지
둘러막혀 잠들고

질주하는
쇠울음
풍기는 매음만이

가로수도
지쳐
그림자 바닥 깔고

지나던
바람도
비껴가는

체감 또한
불쾌지수
불감증 거리를

늘 그랬듯이
무표정의 길손들……

# 새벽창

새벽길
열리는
안개 짙은 산 아래

마주한
전원주택

기별없이
비춰지는
들창머리 밝은 불빛

병동의
하루 시작
쾌유의 아침창

## 무심(無心)

사유(思惟)를
조미해 버무려도

한 점
화두
잡지 못한

'인질' 에서
정진 또 정진

끝없는
몸부림이다

# 반성

— 발치를 하며

오늘
뽑았습니다
충치를

병든 이
뽑는 거
쉽지 않습니다

어차피
관리 소홀
반성할 때지요

두루두루
살펴보니
여기저기 많습니다

유난히
오늘 따라
눈에 띕니다

# 피라미몰이

한바탕
물길 쓸고 간
차탄천

이수석 물거품
보글보글 피는 자리

두 손 모아
그 둘레
슬그머니 감싸 보니

잠자던 시간들이
한손에 들어와

물컹한다
짜릿하게
그것도 감미롭게

꿈꾸다
맞은
토종 안줏감

# 차탄천이 살아나네

철벙
철벙
시원함

송사리떼
놀자 해도

고사리손
움켜쥐고
하하 웃던 동심들

어린 꿈
추억의 강은
오던 칼바람도

봄빛에
잠들고
정화작업 손길에

왜가리도
돌아와

물도
속삭임으로
흐르고,

아—
이제사
거듭난 차탄천

# 노후의 꿈

— 대기만성

오늘도
잡은 붓
꼬리춤을 추는구나

누가
비웃으랴
늘그막의 꿈

아흔 넘어
추앙받던
건축가 라이트

일흔아홉에
붓을 잡은
모제스도 그렇고

에디슨은
아흔에도
손 못 뗀 발명가

미켈란젤로는

누구냐
걸작 몇 점
여든 넘어 완성
기록이 아니더냐

오늘도
태양은
노후의 길목에
빛을 뉘인다

# 폐교종

나도
점점
폐교종

힘 잃은 목소리
금이 간 거야

거는 전화
목소리도
어눌해서

아무리 좋은 말도
귀가 안 찬대

무지랭이
반벙어리
모두가 비웃듯

연로한 나이탓
이 나이 돼 봐라

# 해우소 스케치

산사 암자는
뒤돌아 못 본 척

구경꾼도 많구나
일을 보는데

앞 뒤 풀숲들
낄낄대는 꼴

실바람도
더불어 손뼉치고

볼거리라도 되는지
잘도 노네 그려

하하
시원하다
상쾌한 뒷기분

에이, 이 못된 것들
쯧 쯧 쯧……

# 진고갯길 넘으며

— 첫눈 내리던 날

동서를 가로질러
태백능선 고갯마루

산은 골을 밟고
버티고 서 있고

일생을 넘고 오르던
진고개 고갯길

때로는
내가
나를 감추듯

계절은 한 점 비밀
꼭 꼭 꼭

깔아놓은 갈잎 위로
눈 뿌려 덮은 산하

떨고 있던 마른가지에도
훈훈한 눈꽃송이—

# 버들개지

샛강
변전
끝자락

겨우내
참았던
타는 갈증

못내
겨워

해빙
물질
졸 졸 졸

코재기
소리도 크다

# 화해

— 사과를 하며

잔잔한
눈빛
훈훈한 마음

어스름에
묻었던
잔잔한 미소

모두
녹인 듯
하하하 웃음

새로 맞이
해맑음
벗님네의 정겨움

## 코스모스

겨워 숙인
그대 모습
가는 가을 배웅하는

호위무사
갓길에서
당당했지 웃음 주며

무서리
겨워도
다시 받은 해맑음

하도 이뻐
갈바람도

조심조심
조심스레
스쳐지나 사라지고—

# 제 2 부

# 유년의 겨울나기

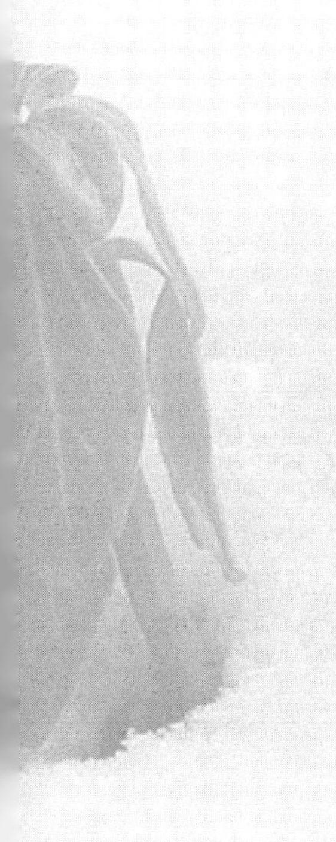

새싹
꽃바람 불면
씨앗들의 밤나절
매화
어떤 사별
고추잠자리
70굽이 누리길
고부소 추억
유년의 겨울나기
통원치료
목련
백사장
해빙
나이 들수록
인생열차
재인폭포
산벚꽃
꽃잎춤

## 새싹

— 봄비 내리던 날

한철
잠자던
침묵을 털고

봄비
부슬부슬
내리던 날

땅 밑
흙무덤
수다스런 얘기들을

귀담아 적어
지상으로 띄워 올린
파란 엽서 두 잎

# 꽃바람 불면

즈려맞은
봄맞이
벙근 꽃술은

삼동(三冬)에
농익힌
그윽한 향내로

꽃바람
실어
기별 보내면

어디서나
꿀 향기
먼 길 멀어 천릿길도

주름 접어
찾아드는
벌나비 봄손님

# 씨앗들의 밤나절

패랭이 풀
엷은 속살 배시시 내밀고
하품하던 한나절쯤

묵정밭
새순 터트리도록
바닥 보듬고 흙 고르고

일궈낸
두렁 위 허벅지에
거름 지펴 불 댕기면

밤새 불쑥불쑥 치솟는
배꼽 아래 자존심 하나로

어둠 몰래 흙 뒤집어
수태를 꿈꾸며!

발아하는 씨앗들의
분주한 밤나절

# 매화

봄이 오는가
살피다가
끝동머리 꽃망울

이미
틈새 속내 풀어
벙긋벙긋 웃음꽃

홍에
겨운
봄마당에

얼어
결빙
풀린 몸

몸짓도
가볍구나

# 어떤 사별

연천골
때 아닌 잠자리 운다

아끼고 아끼던 신발도
벗어놓고
돌아올 수 없는 그 이후는
두견새 우는 밤만……

이제부터 시작이라던
오십 고개 남겨두고
사별의 슬픔 울어넘쳐

풀어야 할 매듭
못 다한

더구나 가난한 식솔들
가물거리는 눈빛
눈물 속에 심어놓고

돌아올 수 없는 긴 여행
단숨에 그렇게
떠나야 했던가

## 고추잠자리

가을이라 초엿새
초생달 뜨고

붉게 탄 고추밭
팔락이는 위로

무서리 널브러진
서릿발을 지나

가을볕에 그을린
고추잠자리가

삶의 애착
미련 있어

구겨진 날갯짓
헹구는구나—

# 70굽이 누리길

동녘에
해 뜨면
눈부신 빛시울

일렁이는
하늘 아래
동토(東土)의 땅도
점점 멀어 먼 거리

삶의 고비
굽이돌아
어느새 백발머리

지나온
세월만큼
주름살만 늘어나고
가슴 속 묻어둔
시간의 자투리

속절없이
멍울 되어

미완의 아픔만……

서럽다
말해도
묵묵부답 무반응

굽이굽이
70굽이
묻어나는 황혼녘

# 고부소 추억

— 소금강 입구

나뭇단 또바리 이고
장에 간 노모

왼손에 달고 오는
옥수수 튀밥

해 지면 해 꼬리 앞
기다리던 배꼽길

흘러간 수십 년
고부소 굽이길

솔숲 사이
달빛만 배시시

가난을 물질했던
유년의 어스름

눈에 삼삼 그리움
가슴 꽃 피고……

# 유년의 겨울나기

찬바람 불면
수수깡 울타리
울파주 일고

문풍지
덜풍 푸웅 덜덜덜
떨면

서캐
머릿니
근질근질 수물수물

긴급처방
살충제 DDT

약내 풍기는
더께머리 숲

푹 이불 속
콜콜콜 드는 잠
유년의 겨울나기—

# 통원치료

오란다
예약문자
퇴행성 관절마디

무거운
하루
오늘도 겨워

휘청이는
몸무게
무릎이 저려오고—

# 목련

지난 밤
꿈속에서
갈고 다듬은

목련
나무
지팡이를

뜨락
한 켠 후미
세워 놨더니

누구였나
밤새 사이
줄줄이 꽃등을……

# 백사장

어느 산
어느 곳
돌바위 비늘인지

지친
노독
풀어내는

모래톱
백사장

달빛도
내려앉아
보듬는 빛부심

고개 민
소라껍질
벌렁이는 들창코

지나던
꼬마게
힐끔힐끔 곁눈질

# 해빙

모퉁이
파릇파릇
새로 맞이 벗님네라

가지가지
몽글몽글
피는 봄 노을

꽃보다
곱다 보니
씨눈박이 끝동머리

툭 툭 툭
벙근 봉

봉도
꽃이던가
못내 참아

속내
여는
얼음뚜껑

## 나이 들수록

세월굽이
이랑 타며
하도 많은 상채기

응어리진
속내라

속절없는 흰 머리
거울 보기도 두려워

스치는 바람도
비켜가건만

나이 들면 들수록
깊어지는 가슴앓이

짓누르는 무거움
오금관절 시큰시큰

눈물도 메말라
차마 못내 웁니다

# 인생열차

— 막차를 기다리며

막차가
오나 보다
대합실은 노인들만

온풍기는
돌고 돌아도
역무원은 없다

모두가
무임혜택

칙칙폭폭
칙칙폭폭
사라진 지 오랜

지금은
해수기침 같은
기적만

칙칙
스르르
삐— 익

# 재인폭포

봄빛
도는 재인골
붓는 폭포수

물보라
결 따라

올올마다
잠든
낮별들

눈 비비고
일어서며
울음 우는 골

# 산벚꽃

꽃대를
틀고 앉아
천리향을 피워대며

산빛은
푸름 풀어

삼동(三冬)이
그어놓은
주름살을 지우는데

산영(山影)을
태우며
놀아나는 산벚꽃

# 꽃잎춤

꽃이 좋아
하하 웃던

벌나비
날갯짓
바람꽃 피어나고

담장 너머
작은 텃밭
상추 잎도 살랑살랑

못내 겨워
스쳐지나
돌던 바람이

잡아 던진
매화 꽃잎
하늘하늘 날개춤

# 제 3 부

# 웅덩이 물갈이

한파
첫눈
주막에서
양재동 꽃마을
봄 뜨락
웅덩이 물갈이
기러기 · 1
봄소식
통증
불면증
돌산머리 한겨울
쑥
생각 줍기
새벽 경내
각성
나는 누군가
화전놀이
겨울강

# 한파

계절도 얼어붙어
모두 꽁꽁

아무리 설쳐도
얼지 않는 너구나

아는가
수도꼭지 맹맹

독거인 사는 실내
온도수치 고작 2도

휘젓고 설칠수록
얼음두께 무거워

움직이는 건
느끼나
볼 수 없으니

아무튼
제발
얼음두께 걷어다오

# 첫눈

한여름
농익혀
울궈낸 진한 액

꽃으로
피어나

사뿐
사뿐
사락사락

문풍지도
잠에 든

내실
창틈
슬그머니, 곁눈질

# 주막에서

출출한 입
고달픈 몸

힘든
일상
풀어내는

주모의
입술 앞에
탁주 사발 입에 대면

달콤한
시간이
어느새 지나가고

쭈뼛
쭈뼛
눈치에

달빛
내린 밤길을
휘청휘청 나선다

# 양재동 꽃마을

익어가는
정겨움
나눔의 꽃누리

하찮은
상채기도
응어리지기 전에

하하
웃음꽃
함박, 피는 꽃마을

# 봄 뜨락

돌밭머리
쑥대밭
어린 씨앗 뿌리박고

지등 같은
목숨 붙여
푸른 싹 틔우는 날

질그릇
깨진 조각
포개어 이은 지붕

지렁이네
새로 집
봄볕 든 뜨락 한 켠

민들레 씨도
들어와
푸른 싹 틔우는구나

집세도 없이……

# 웅덩이 물갈이

촌로의 맺힌 땀
흘러들어
모인 고요

보글보글 피는 거품
걸러 받아 받으니

알알이 묻어나는
추억의 그림자

일 년에 한 번
물갈이 땐

서산마루
넘던 해도

다시 돌려
비추누나

잠자던 미꾸리
배꼽춤도 추고……

# 기러기 · 1

곱게
드리운
드높은 하늘가

가슴앓이
애태우듯
꺼억꺼억

하루 종일
구름 따라
헤매다가

지는
햇살
아쉬워

따라드는
기러기떼

# 봄소식

결빙을
본지가 엊그젠데
아니 벌써 봄이던가

파릇파릇
흙담머리
새싹 돋고

이제사
봄이로구나
싱글벙글 벌나비

# 통증

걷다가
한눈 팔새
혼란으로
차인 부리

터진
돌맹이
하얀 피
줄줄줄

나도 발
욱신욱신
호호
호—오

# 불면증

속내
아쉬움
따라 그리움

잠도
잊은 채
걸러봐도

생각은
왜 그리
미련 많은지

잊고 싶어
밤을 덮고
뒤집어써도

눈망울은
더더욱
초롱초롱

# 돌산머리 한겨울

드르렁
드렁 퍽, 퍽, 퍽
부서지는 소리

멈춘 지
몇 달 지나
접어든 겨울

결(冬) 잠든
빛바랜
녹슬은 포크레인

들창가
주변머리
찬바람 돌고

힐끔
돌리며
숨어드는

한 줌

인기척
싸잡아 거머쥐고

돌 틈새 쏙—
숨어드는
족제비 한 마리

# 쑥

봄날엔 특식감
귀한 먹거리

봄길 걷다
엿듣다 보니

쑥덕쑥덕
소곤소곤
쑥대밭 봄마당

속빈 속내
채우려
나선 나물꾼

꽃샘바람도
샘내는지

아리고 시려도
약이라면 귀가 번쩍

동네방네 소문 자자
쑥은 모두 동이 나고—

# 생각 줍기

가을 낙엽
날리듯
허름한 상상들

제멋대로
도는 꼴

주섬주섬
주워 모아

절구어
맛을 내니

한 줄
일 연
단행시다

# 새벽 경내

— 절집 뜨락

소쩍새가
달빛을
잔인하게 쪼아대면

부서진
빛조각
초롱초롱 밤이슬

등을
타고
반짝 반짝

아우르는
절집 뜨락
새벽 경내 경이롭다

# 각성

친다
주먹으로
머리를

그래도
깨어나지 못하나

몇 마디
남긴다

이놈아
그렇게
살다 갈 거냐고……

## 나는 누군가

허튼 마음
작심 다듬어
모아 보면

알 듯
모를 듯
거듭나는 아리송

생각을
받아 받아
걸러 보니

진정
내가 누군지를—

# 화전놀이

우수 경칩 오는 길목
징검다리 건널 쯤

개골개골 개구리
물빛 울궈 자아내는
씨아 소리 멈춰지면

여기 저기
툭 툭 툭
참꽃 배동받이

벌 나비 날갯짓
지펴 이는

활활 타는 꽃불산
긴급출동 소방헬기
119

잠자리도 헛물켜고
행락객 이어지는
무르익는 화전놀이

# 겨울강

얼음
뚜껑 덮고
소리접은 침묵의 강

질곡의
세월
거스를 수 없어

흐르며
품어지는
너그러운 품속

술 빚듯
물빛 걸러

트는 새싹
새로이
움트도록

한겨울
얼음강
침묵은 멎지 않는다

# 제 4 부

# 해빙의 계곡

봄바람
물이끼
팔랑개비
해빙의 계곡
장덕고개
공기놀이
율무막걸리
키 쓰고 망신동냥
비소식
봄맞이
둥근 못 꽃노을
상추
꿈꾸는 문향밭
강변산책
봄의 서곡
냉이
새싹
새해 전날

# 봄바람

여울 건너
오는 바람
초록 봄빛 몰고 와

가지마다
달아놓고
산빛도 긁어 모아

이 산 저 산
골골마다
풀어 놓은 봄바람

# 물이끼

얼음 풀린
샛강머리
목줄 틔운 물줄자락

여울 따라
흐르다가
도리치는 물벼락

척박한
돌부리에
촛불 같은 목숨 붙여

엎드려
타는 목
울컥울컥 물질한다

## 팔랑개비

바람 먹고
도는 개비
팔랑팔랑 팔랑개비

입맛 따라
감아돌아
돌며 감고 돌고 돌다

거머쥔
바람 한 줌

바람 숲을
질주하며
조미하는 바람 맛

# 해빙의 계곡

긴 동면
뚜껑 연
봄 햇살 앞세워

골진 계곡
봄 문 열어 트인 물길
퐁퐁퐁

해죽해죽
잘잘잘
간드러진 웃음이다

물잠자리
조롱하듯
물살을 가르면

심술궂은
물보라
부지런히 지운다

# 장덕고개

동강난
세월자락
고갯마루 돌무덤

동해 뱃길
닿는 길로
훤히 뚫린 고속도로

보릿고개
넘던 짐
내려놓고 쉬던 곳

매연만이
도는 자락
흔적없는 고향언덕

# 공기놀이

모이면
즐겨 놀던
지난 날 공기놀이

한 줌 손에
움켜 쥔
해 묵은 어린 꿈

치켜 올려
던지면
도돌이로 조막손에—

그립다
어린 시절
아쉬움의 놀이문화

# 율무막걸리

— 연천 명주

군자산 산마루
달빛 등도 걸고

그림 속 매화나무
벌나비 들고나니

달빛 같아 울궈진
술맛 또한 걸맛나네

주안상 차려보니
불현듯 그대 생각

조상대대 조미솜씨
연천 명주 율무술맛

준비는 걱정 말게
잔 하나 더 놓으리

산속이라 오는 길
걸어서라도 오게나

# 키 쓰고 망신동냥

골바람 숲 그늘
모퉁이 새 켠에서
시원한 오줌 줄—

인기척에
깨고 보니
잠자리는 젖어 있고

기다리는 건
망신동냥
키 쓰고 소금구걸

개구쟁이
오줌싸개
놀림 받던 어린 시절

지금은
아스라이
그리움이 되고—

# 비소식

가뭄 타
패인 자국
갈라져 욱신대는

세월 허리
심한 통증
촌로의 한숨소리

때 맞춰
이는 구름
마른 들녘 푸는 소식

생명수
내린 물줄

생기로운
밝은 서기
누리마다 넘치노니

# 봄맞이

봄소식
산까지
봄노래 들려오면

움츠렸던
산 후미
잔설은 떨고

가지 끝
끝동머리
파릇파릇 봄맞이

# 둥근 못 꽃노을

찬기운
스멀대는
마당가 둥근 못

모인 고요
둥 둥 둥
갈잎 받아 밭은 가락

하늘도
내려앉아
풀어내는 놀빛 갈색

물 위
잎 뜨듯
물빛 꽃노을

# 상추

줄줄이
도열하듯
치맛자락 펼치고

한 잎 두 잎
맛갈빛
차오르는 바구니

손안에
거머쥐니
토종장맛 상추쌈

포개 덮은
가족사랑

모두어 맛갈나는
소반 위 작은 사랑

싱싱한
가족애
일궈내는 한마당

# 꿈꾸는 문향밭(田)

한 잔 속에
흘린 풍월
마음 안에 새겨두고

아쉬운
시심몰이
지면 가득 채워 보는

시상 게워
일군 이랑
꿈꾸는 문향밭

미침이
한계인 듯
설익은 시향숲

무성한
잡초만이—

# 강변산책

아침이슬
풀섶 지나

봄빛
따라
접어들면

도리치는
물기둥
돋아 고이고

다락논
버선배미
지줄대는 개구리

강변의
아침나절
봄날의 서정이다

# 봄의 서곡

가슴 연
아침햇살
품어 안은 마당귀

생명의
물질소리
자자한 한켠엔

진자리
빈자리
봄기운 돌고

아지랑이
스멀대는
저 넓은 산하도

푸름결
꽃대 촉을
쏙쏙 치민다

# 냉이

봄볕 내린
담장 너머
텃밭 두렁머리

날을
세운
호미 날

덜덜
떠는 냉이순

모질게
후벼대는
호미손에

모두어
차오르는
뱃살 통통 바구니

# 새싹

꽁꽁
얼음뚜껑
봄비가 열자 말자

노랑머리 어린 싹
소곤소곤
설(雪)잠 털고

까칠한
흙담머리
겁도 없이

풀쑥
풀쑥
촉을 세운다

# 새해 전날

창문 들녘
앞 동네
드넓은 한마당

삽살이
앞발 들고
꼬리치며 반기는

행여나
오는가
새해 전날

집 떠난
자식들
정겨운 눈빛

새로 맞이
한 점 부럽구나
독거인 외로움—

제 5 부

# 소반머리 웃음꽃

땀
퇴행성관절
일렁이는 잔물결
동백꽃 사연
오일장터
새싹
밥상머리 사랑
백합
대보름
해시울
순수무흠
소꿉질
박
간병인의 미소
소반머리 웃음꽃
모정
기러기 · 2
술래놀이

## 땀

그늘 지나
모퉁이
바람이 준 갈잎 방석

앞자리
눈길 아래
천수답 다락논

익혀진
벼이삭
거두는 손놀림

흐른 땀
붉은 이마

곁실로
거듭나
뚝 뚝 뚝—

# 퇴행성관절

한세상
쟁기질로
삶의 이랑 타다 보니

세월마다
쌓인 흔적
늘어난 나이테

욱신욱신
관절마디
도수 높은 통증수치

신문 펴면
통증완화
관절시술 광고지면

눈길
먼저 닿는 건

저무는
길목에서
바라보는 내 모습

# 일렁이는 잔물결

지는 해
서산마루
흔들리는 저녁놀

놀빛 든
저녁강은

서울 가던
누님
울며 잡던 나루터

이제나
저제나

기별없이
올 듯한

삼삼한
잔물결

# 동백꽃 사연

오는가
감감소식
오는 길 먼 길인가

기다리다
지쳐 누운
처마끝 한 켜

님
애타
그리워

쏟아내듯
흘린 눈물
받아 걸러

피어난
동백꽃 한 송이

# 오일장터

봄을 풀어
펼친 자리
나이를 파는 할머니 손

쑥내 풍기는
치맛자락
세월이 더덕더덕

봄이면
꾸는 꿈
희귀식물 자랑하듯

싱싱하다
봄나물
손끝으로 점을 찍고

저것도
맛나구먼
살짝 짓는 주름 웃음

# 새싹

꽁꽁
얼음뚜껑
봄비가 열자마자

푸른 색
어린 씨눈
소곤소곤 결잠 털고

까칠한
등판 위로
솔솔 이는

물기어린
감촉에

겁도 없이
불쑥불쑥
때도 없이 치민다

# 밥상머리 사랑

밥상
모서리
각을 지워가며

오순도순
가족애를

수저의
동행에서
형제애를

아기자기
웃음꽃에서
사랑을

비워진
빈 그릇은

무상으로 퍼주고도
하하하

# 백합

— 정원 뜨락에서

순홍의
고운결
어찌 그리 맑은가

눈길 잡혀
보노라면

시름까지
달래지는

빛깔 고운
님일레라

미소가 정겹다

# 대보름

— 十五夜 밝은 달

이랑마다
지핀 쥐불
타닥타닥 소리소리

망월이야
망월이야

트인 길
깃을 편
하늘하늘 달빛 빛

닫힌 마음
열리는
님일레라 반기고

강강술래
강강술래
십오야(十五夜) 밝은 달

# 해시울

바위벽에
부딪쳐
부서지는 물파장

철석
철석
소리 결에

물그림자
드리우고

제 홍 겨워
도는 물살

여울지는
물이랑

결 고운
해시울

# 순수무흠(無欠)

건던 길
멈추고
공원 쉼터 빈 의자

지친 몸
내려놓고
지난 날 굽어보던

초로의
노부부
순수무흠(無欠)

때깔 고운
뒷모습
참으로 곱구나

# 소꿉질

뜨락
정원에
대추 한 알

유독 곱다
오늘 따라……

치맛자락
올리고
"쉬"로 쌀 씻어

사금파리
솥에
불 지펴 밥 짓던

순이는 엄마
나는 아빠
돌담머리—

생각난다
조무래기 소꿉질

# 박

초가지붕
달빛 박
하얀 박꽃 여름 지나

꿈꾸던
달빛 씨방
가을 박으로 영글어

귀뚜라미
계절송에

톱질 속
장단 맞춘
흥부의 꿈 익었던가

혹이나
금은보화
열고 보니 속빈 강정

# 간병인의 미소

생리적
배설물을
깔고 누워

쑥스런
심신 앞에

창가
쪽빛 가린
그림자도 반갑던

뒤척이며
껌벅이던
눈동자 앞에

미소로운
초생달이
반기듯 떴네

# 소반머리 웃음꽃

쌈장
상추잎
가족사랑 모두어

소반 위
싱싱한
작은 텃밭 풍성하다

한술
수저
눈빛 따라

푸짐한
먹거리로
웃음꽃을 먹는다

# 모정

집 떠난
자식 몫
묻어둔 이불 속

여미어
품어지는
따뜻한 밥그릇

때마다
멈춤 없는
애틋한 어미 마음

사랑 배인
두루 둘러
거침없는 둘레 손길

# 기러기 · 2

짝 잃은
기러기
님 찾아 헤매다가

하루 해
접어드는
해꼬리 뭉개고

하늘 질러
금을 긋는
노을빛 물든 자락

깃질하며
잠겨드는
황혼노을 기러기

# 술래놀이

양팔로
울을 둘러

바람잡아
재워놓고
숨어 본다 술래놀이

들키면
술래 된다

머리카락
꼭꼭 숨겨
고른 숨 둘러친다

울타리도
알았어라
울파주도 가락 접고

# 제 6 부

# 풀벌레 소야곡

낚시
용오름
해빙
비몽사몽
도박도 유전인가
그늘숲 쪽빛 나락
눈 수술을 끝내며
알밤 줍기
과음
입춘
만월은 뜨는데
빗줄기
풀벌레 소야곡
소요산 자재암
산안개
한가위
쉼터
소낙비

## 낚시

물길이
춤추는 물살 위로
줄을 드리우면

쪼아대는
입질에
거품만 토해내고

맨몸만
드러내는
무언의 바늘 끝

엿보던
파란 이끼
비웃듯 깔깔깔

# 용오름

— 용소골 전설

성불을
꿈꾸던
수중선방 이무기

불심 일궈
달군 공덕
용으로 거듭나

구름방석
자리 틀고
비상하는 용틀임

# 해빙

잔설 녹고
겹겹진
얼음강도

이미
녹아
흘러지나

여울
지는
샛강머리

물방석
자리 깔아
어린 이끼 품어 안고
미소로운 눈빛

두루두루
수중들레
보듬는 바위방석

# 비몽사몽

시름겨운
귀갓길
목로주점 한잔 술에

삶의
아픔
둥둥 뜨고

기분도
휘청휘청
중심 잃고 모두 누워

술병 눕고
꽁초 눕고
재떨이만 배불러

나도 몰라
비몽사몽
깨고 보니 집이었다

# 도박도 유전인가

날밤
깨던
섯다판

노름꾼
싸리광
끝발에

죽어도 버릴 수 없는
도박중독 집안내력

논밭 팔아
집까지
할배의 손버릇

빙의했나
다시 도진
잠잠했던 손서방

## 그늘숲 쪽빛 나락

숲속
초록잎
가름하는 쪽빛

허(虛)진
골을 누비고

사운대는
숲속자락
겨워 지친 그늘 틈새

솔바람과
손잡고
둘레 밝혀 감돌다가

비집고
잠겨든
풀숲 틈새 음지머리

베고
누운
쪽빛 나락

# 눈 수술을 끝내며

날에 날마다
휘청휘청

별난
세상
보다 못해

헤치고
터널 지나
빛 불어 넣는 순간

침묵이
흐르고……

가린 안대
거두어
잠잠 고요 손사래

누리누리
밝히듯

십자가 앞
어느 벗님
쾌유의 기도소리

모인
두 손도
보이는 듯—

# 알밤 줍기

찬서리
내린 날
밤 가지 사이사이

타는 송이
벙근 입
밤이슬 무게 겨워

바람깃에
툭 툭 툭
널브러진 알밤들

이리저리
줍다 보면
주워 담는 손끝에도

계절이
조미한
가을맛이 묻어난다

# 과음

주모 입질
발기에
홀짝홀짝 마신 술

멀미로
여울지는
오락가락 밤나절

현기증
이는 머리
가슴으로 쏟아내고

비우고
다 비워도
쓰리는 속앓이

# 입춘

봄문 여는
이참에

철철마다 해설피
슬픔 모두어

거둬 들인
흙밀이라

새소식 캐고파
몰래 엿들으니

물질은 이렇게
씨앗은 저렇게

꽃은 어떤 색
벌 나비도 불러야지

아—
솟아 고이는 봄 준비
참으로 야무지게—

# 만월은 뜨는데

— 대보름

동녘 하늘
끝자락
달이 뜨면

오곡밥
달빛 같아
정을 비벼 나누고

장독대
정화수에
간원 담아 올리는

노모의
기도소리
떠난 지 오랜

달빛 밟고
오려나
님 기리니

가슴에도
달이 뜨네
그리움의 달이—

# 빗줄기

가뭄타
갈라진
육신대는 세월 허리

촌로가
쏟아붓는
통한의 한숨소리

들었던가
안쓰러워

기어코
터진 봇물

비구름
이는 하늘
마른 들녘 푸는 소식

때마침
온누리
홍건한 물바다

# 풀벌레 소야곡

달빛
젖어드는
산자락 풀숲 숲속

어둠이
내려와
잠을 청하나

간간
별빛
속삭이는 밤나절

무엇이
그렇게도
얘깃거리 많았던가

어쨌든
들어 좋을
풀벌레의 소야곡

# 소요산 자재암

천년사찰
자재암
소요의 깊은 골

쌓인
신비
가락 풀어

소요폭포
푸른 골안
바위벽 폭포수로

원효대사
요석공주
깃든 전설 사랑얘기

이름하여
불러온
원효폭포 요석바위

# 산안개

— 요양원 옥상에서

홀로는
외로워
무리 짓고

보드라운
깃털은
꽃보다 고와라

바람이
잠든 새벽
몰래 감아 돌다가

다시 풀어
헤쳐모여
오리무(舞)로

안개꽃
피워대는
왕방산의 아침마당

## 한가위

첫 수확 햇살 갈아
땀 울궈 빚은 송편

상차림 중심잡고
달빛 갈아 담근 술

제삿상 자리매김
오늘 따라 돋보인다

밤 대추 가지런히
예의 갖춰 올려놓고

대대로 이어진
자랑스런 가계보

길이길이 누리고자
다시 쓰는 가족사

효의 정신 보듬는
한가위 차례상

# 쉼터

— 우리들 요양병원

안창말
왕방산
저녁 어스름

산능선
휘감는
한 점 구름아—

이밤사
쉴 곳 찾아
헤매고 있는가?

그대의
쉼터는
바로 여긴데—

# 소낙비

심상찮다
비구름
어쩌나 비우산?

깜빡깜빡
건망증
도지는 기억상실

비는
주룩주룩
옷깃을 누비는데

거리는 잡버섯
툭 툭 툭
갓을 편다

걸음은
휘청휘청
제멋대로다

# 제 7 부

# 묵객은 겨울철에 봄나들이도

목단
초승달 저녁하늘
술래찾기
심우장
묵객은 겨울철에 봄나들이도
선학
수도 고장수리
모성애
대관령
황혼 들녘
추억 세배
백팔배
잠꼬대
상부상조
기다림
나팔꽃
술
복권

# 목단

씨눈이
트는 소리
오랜 듯하더니만

어느새
활짝 피운
노홍(老紅)의 붉은 정열

어느 님
냉가슴
후빌려고

저렇게도
고운가
환장하게—

# 초승달 저녁하늘

지는 해
서산마루
정적에 들면

노을도
잠에 빠진
수척한 늦저녁

초승달
떴다 해도
별빛 빛누리

기러기
울어나는
초승달 밤하늘

# 술래찾기

목화송이
띄워놓듯
풀어 헤친 솜털구름

하늘이
숲이고자
그늘 짙은 구름 틈새

술래잡기
술래 찾듯
장글장글 쪽빛 햇살

## 심우장

— 마굿간

밝은 아침
뜨는 해
전생의 업, 운명처럼

나한의 손길로
짚방석 자리 틀어
삼동(三冬)을 녹이는데

불심 가득
심우장
사바를 굽어 살펴

천계로
이르는
무언의 계송을

침묵으로
되뇌이며

새김질로
염주알을 굴린다

# 묵객은 겨울철에 봄나들이도

— 수묵화를 치며

붓발이 지나면
밀도에 날이 서고

지면의 여백이
선명하게 다가온다

창 밖 초겨울에도—

서려 이른 봄기운
매화꽃 벙글고

까마귀 무(舞)는
북을 치며
꽃잔치 한창이다

불렀던가
벌나비
붓끝으로—

삼동(三冬)에도 여유로운
지면(紙面) 따라 봄나들이

# 선학(禪鶴)

산중묵객
선학(禪鶴) 한 쌍

묵선(墨禪)에 든
선방(禪房) 자락

송홧가루
솔숲 가득
흩어짐이 못내 겨워

솔솔 이는
실바람에도
떨고 있는 생솔가지—

# 수도 고장수리

숨 막힌
수도꼭지
목 타는 갈증이라

연륜에
삭은 마디
마디마디 중증이다

자르고
잇고
끼우는 무혈의 대수술

드디어
목이 터
콸콸콸 숨통소리

늘그막
앓고 있던
아버님의 노구같다

# 모성애

담장 밑
봄마당
누비는 병아리떼

어린 싹
쪼아댈라
벌벌 떠는 어미 마음

조이며
애타 하는
민들레의 조바심

부럽다
눈길 없는
요양원의 독거인

# 대관령

고속도로
채여 밀린
구불구불 배꼽길

과객도
구름도
잰걸음으로 넘던 고개

굽이 돌아 주막도
흔적 없고

고개굽이
전설 같은
산허리 곳곳

파헤친
상처만
더덕 더덕

지금은
아스라이
추억의 대관령

# 황혼 들녘

동트는
하루해
꿈을 짓는 나들이

해지는
서녘 뜨락
노을로 물든 자락

세월을
묻어두고
꿈꾸다 만 자투리를

북을 주며
보듬는
황혼의 저녁놀

# 추억 세배

설빔
때때옷
사려 입고

골목마다
누비던
지난 날 고향마을

지금은
타지에서
사려둔 세뱃돈에

허허롭게
그려보는
조무래기 웃음소리

갈피마다
배어있는
애절한 그리움만이—

# 백팔배

울궈내는
선맥 줄기
옛스님 숨결 따라

선음
트는 산중암자

백팔번뇌
때마다
저려오는 관절마디

겹겹 틈새
배어드는
시큰시큰 번뇌뭉치

성불의 길은
아직도
두루 둘레 먼 말씀

# 잠꼬대

하루를
겪고픈
곤한 잠자리

포근한
이불 속
은밀한 밀어

한낮
들락날락
미세먼지 겨웠던가

잠든
하늘
천둥번개

드르렁거리는
잠버릇

귀도 눈도
웃는다

# 상부상조

빗줄기
씻어내려
때깔 고운 바위벽

눈치 보던
여름 햇살
잠겨들어 놀고

주저없이
내린 비
물방개 등 감아돌면

물기 접어
걷어 갈라
치는 빛살 가로막고

보듬어
감싸안는
사랑스런 이끼 품안

# 기다림

꽃피면
온다고 했지
그대 님 벌나비

봄이면
온다고 했지
봄바람아

스란치마
흩날리며
그윽한 꽃누리로

봄이면
온다고 했지
소꿉친구 춘자야

날개 편
파랑새로
활짝 웃으며

# 나팔꽃

척박한
담 밑 한 켜

여러의
잎은
힘을 모아

한 줌
달빛
걸러 받아

조막손
안간힘
담타는

놀라운 기개

이 시대
대신해서
새 희망 나팔 부네

# 술

허한 마음
기억으로
숲을 헤매다가

샘 같은
번뜩
목로주점 간판

마음
벌써 가 있고

한 잔의
취기에
눈을 다시 뜨게 한다

비몽사몽
모두가
네 세상이다

# 복권

맞춤
당첨
행운 점포

적중확률
몇 몇 프로
눈길 잡혀 보다가

숫자 행운
혹이나—

소박한
좁쌀 꿈 받아 쥐고
잠시나마 잊고 싶은……

## 제 8 부

# 바람꽃은 시들지 않는다


완장
임진강
달밤
입동
통일염원
할미꽃
연탄난로
우울증
옹기그릇
차탄천의 가을
갈잎노래
텃밭 모종
울렁이는 가슴꽃
가을강
바람꽃은 시들지 않는다
여치의 가을송
다시 꾸는 고향 꿈
금연
어선

# 완장

한때는
아랫것들
죽도 펴지 못하더니

날이 선
인권제도
신분은 평등원칙

양반들
떠난 자리
완장 채워 세웠더니

허풍치며
판치는 꼴

바람 든 청무처럼
허파는 구멍 숭숭

완장은
빛나는데
머리는 속빈 강정

# 임진강

흰 구름
따라 돌고
푸름도 일렁이는
천년 인고 임진강

넓은 바다
풀어놀 하많은 상채기
세월이 남겨논 얘기까지

때로는
게거품
헹구어 풀어가며

구불구불
돌고돌아
태백에서 서해까지

길은
멀어
천릿길

따르라
손짓한다

# 달밤

빛내린
장독대

징용간
형님
돌아오라고

정화수
보듬는
한 그릇 노모의 기도

달밤이면
삼삼한
옛이야기라

이
시대
젊은이들

아는가
아픔을……

# 입동

샛강
얼음 뚜껑
새로 고이고

저 너머
하늘가
삭풍도 와 있네

고엽도
제철 따라
가긴 갔지만

모진
설한 만나면
얼어 죽겠죠

그래도
머지않아
눈이 덮이면

산타가
썰매 타고
온다고 했지—

# 통일염원

흐르는
세월로
이산의 가슴앓이

녹슬은
경원선
응고된 철조망

이제나
저제나
짙게 그은 가로금

열림을
애타하는
남쪽 하늘 해바라기

# 할미꽃

자식 키워
얻은 손주
모두 키워 사랑굽

등 굽은
할미꽃

외진
길섶
홀로 핀

슬슬한
노후미(美)

# 연탄난로

살얼음
초겨울
스산한 벌판 같은

내 집
구석구석
시려드는 냉기

따라
막아 서서

몸
태워
막아내는

검은 구공탄

# 우울증

희망도
의욕도
밀려나 있고

공허만
가득찬
나날이 지겹는데

지친 몸
서글퍼
웃음도 잊은 채

목숨줄도
놓는다만

어쩌겠나
주어진 몫
미워도 사랑하자

우울증도
분신이니까—

# 옹기그릇

불 지핀 독가마
달궈지는 연곡골

대대로 이어진
독짓던 옹기쟁이

지금도 돌리며
손 고르매질

지펴 구운 도가니
살림 보탬에

장마재 고개 넘어
팔러 장길 나섰지

오늘도 타지에서
먼 길 멀어

볼 수 없어 도지는
그리매질

# 차탄천의 가을

가을이라
가을빛
아직도 따사로워

예기치
못한 된서리
어즈버 시린 빛

굽이
질러 돌아돌아
흘러흘러 차탄천

철없는
피라미
배꼽춤을 추는구나

# 갈잎노래

바람 따라
한여름
살랑대며 보채다가

때 돼
흩날리며
흥겨운 갈잎노래

모두어
비파 운율

다시 들어
들어도 좋을
귀 익은 교향곡

# 텃밭 모종

호미로
직선 긋고
손으로 가로선

발로는
세로선
눈으로 북을 주고

울타리
막을 치면

고추포기
줄긋기
새로맞이 집 한 채

## 울렁이는 가슴꽃

새벽달
걸칠 때
또바리 바친

쪽진 머리
물동이
찰랑찰랑 노모 모습

때 되면
누룽지
박박 긁어서

허기진
입안에
안기던 주름손

가슴에 와
무시로 피는
울렁이는 가슴꽃

지날수록

더해지는
그리움의 마음꽃

늘어나는
나이 탓인가

# 가을강

물길 따라
길 여는
가랑 한 잎

한여름
찜통더위
울궈 익힌 잎잎마다

끝머리
붉게 탄
한 입 가랑

맑은 가락
귀담은
여유로운 가을강

# 바람꽃은 시들지 않는다

꽃술에
드는 벌나비
발끝에도 피어나고

솔잎 숲
송홧가루
바람 불어 숨어 피고

흐르는 물
물보라에도
피고 지는

흔들려야 피는 꽃

골골마다
철철마다
어디에나 피는 꽃

시들 리 있겠는가?

# 여치의 가을송(頌)

짙은 숲속
맑은 여운

귓불 젖어
잦아드는
귀 익은 저 소리

새들아
언제 물고 가
나도 몰래 숨겼느냐?

옛적
노모의
베틀소리를……

# 다시 꾸는 고향 꿈

김장김치
익어가는
초겨울의 저녁나절

김서방은
오는 겨울
참새몰이 그물 손질

노모는
안경 넘어
실바늘 손끝 졸고

장에 간
털보네
오는가 개 짖는 소리

타지에서
그려보는
추억 포갠 짙은 향수

늙어가는
탓인가
고향 꿈 자주 꾼다

# 금연

담배는
죽어도
허튼 맘

술은
좋아서
마시고

속 보이는
가랑이는
눈을 가리며

시상(詩想)이
떠오르면
하하 웃는다

금연의 발
자박자박
동 트인 백세길

# 어선

— 고깃배

그대는
넓은 바다
주름잡는 항해사

꿈꾸는
어망
치고 가는 고깃배

바다는
넓고
길은 한 줄기

물길 따라
타는 질주
끝은 모른다

허기 짓는
어종 따라
물결은 출렁일 뿐—

최중기 일곱 번째 시집

# 시들 리 없는 가슴꽃 한 송이

•

지은이 / 최중기
발행인 / 김영란
발행처 / 한누리미디어
디자인 / 지선숙

•

08303, 서울시 구로구 구로중앙로18길 40, 2층(구로동)
전화 / (02)379-4514, 379-4519
Fax / (02)379-4516
E-mail/hannury2003@hanmail.net

•

신고번호 / 제 25100-2016-000025호
신고연월일 / 2016. 4. 11
등록일 / 1993. 11. 4

•

초판발행일 / 2018년 2월 28일

•



•

값 10,000원

•



•

ISBN 978-89-7969-772-8 03810